SARAI MIO

An Italian story of mystery for A2-B1 level learners

Sonia Ognibene

A chi aveva sogni e li ha lasciati morire,

To whom who had dreams & left them to die

a chi ne ha ancora ma in fondo si è arreso,

To whom who still has some of them but surrendered them

a chi lotta ogni giorno per realizzarli

To whom fight every day to realize them

e al di là dei risultati

And beyond the results

ha già vinto.

They already won.

Sommario

Istruzioni di lettura: leggetele, mi raccomando!

Cari studenti di lingua italiana, dopo il libro **n.1** della collana **Learning Easy Italian**, NON PUOI ESSERE TU, rieccoci qui con il **n.2**, SARAI MIO, per studenti di livello intermedio A2-B1.

Per aiutarvi a migliorare in modo facile e divertente, anche questa volta ho deciso di scrivere un racconto lungo che tratta di un mistero soprannaturale.

La storia è narrata da due personaggi ed è scritta al presente e in prima persona.

Per aiutarvi nella comprensione ho aggiunto, in corsivo e tra parentesi, il significato reale di espressioni idiomatiche e anche un riassunto alla fine di ogni capitolo. Preciso che i capitoli 2, 5, 10, 12, 16, essendo molto brevi e di facile comprensione, non hanno i riassunti.

La storia è ambientata in Italia, a Bologna, in un luogo particolare, la Certosa, che è un cimitero monumentale. Se siete curiosi, su questo link http://www.storiaememoriadibologna.it/certosa/certosa-di-bologna-1582-luogo potrete trovare informazioni e video riguardanti anche la statua della tomba Montanari descritta in queste pagine. Su questo link, invece, http://www.storiaememoriadibologna.it/files/vecchio_archi vio/certosa/m/mappacertosalow.pdf troverete la mappa del cimitero con i monumenti sepolcrali più importanti.

Bene, detto ciò, vi invito a leggere ogni capitolo cercando di afferrare il senso del testo e a controllare attraverso il riassunto se avete ben chiara la trama.

Successivamente vi consiglio di scrivere su un quaderno tutte le parole e le espressioni idiomatiche che troverete tra parentesi. Provate a memorizzarle e a ripeterle ogni giorno, perché questa pratica aiuterà sensibilmente il vostro apprendimento. Buon divertimento!

E a voi, cari lettori *readers* di madrelingua italiana, dico soltanto: rilassatevi e godetevi semplicemente il momento.

Buona lettura a tutti!

Capitolo 1

Amo Bologna, moltissimo. La amo perfino *even* nei mesi estivi quando il calore *makes us* ci fa bollire come lumache *snails* in pentola *saucepan* e l'umidità ci rende viscidi *slimy* come vermi. *worms*

Ma è ottobre e io adoro questo mese: non c'è più la calura infernale e non c'è ancora *il freddo che ti entra nelle ossa* (= *il freddo intenso*) dei mesi invernali.

Sto guardando dal finestrino dell'autobus numero 36 e mi affretto *hurry* a prenotare la fermata premendo *pressing* il pulsante *button*. Scendo alla prossima.

Saluto l'autista con un cenno *signal* della mano e lui mi risponde:

- Ciao, Sandro!

Mi incammino *begin to walk* per la via che porta alla Certosa e vedo solo due auto parcheggiate nel vialetto. Bene! Se posso, evito *avoid* la gente. Preferisco *di gran lunga* (= *di molto*) il silenzio.

Passo davanti alla Chiesa, la supero, *pass it, go beyond* giro a sinistra ed eccomi nel cimitero.

Mi dà un grande senso di tranquillità camminare tra le
lapidi, osservare le statue che adornano le tombe delle
famiglie nobili del passato.

Che pace! Solo il fruscio del vento, il gracchiare di un
corvo solitario, l'odore di terra umida per la pioggia di
questa notte, una pioggia che ha definitivamente aperto le
porte all'autunno, infatti indosso un giaccone che mi
protegge dalla pioggia e mi dà calore.

Passo davanti al Chiostro III (terzo), attraverso la
Galleria degli Angeli e mi immetto nel Chiostro VII
(settimo).

Ecco la tomba Montanari, con l'imponente figura
femminile seduta sul basamento di pietra.

È per lei che vengo qui. Adoro disegnare il suo viso
dolente, la mano sinistra tra i lunghi capelli mossi e la
mano destra sopra quel magnifico mazzo di fiori, l'abito
dalle lunghe pieghe cadenti sui gradini.

Apro lo zainetto, tiro fuori il mio album da disegno e il
carboncino, mi siedo sul gradino e inizio a fare uno
schizzo della mano nei capelli.

Il carboncino si muove velocemente sul foglio quasi senza controllo, non sento i rumori della città, così come non sento fame, sete o stanchezza.

Guardo l'orologio: segna le 11.10.

Possibile che siano passate quasi due ore da quando sono qui?

A un tratto sento dei passi alle mie spalle. Non mi giro. Ricomincio a disegnare.

I passi si fermano. La mia mano continua a muoversi sul foglio. Chiunque sia dietro di me mi sta osservando. [*Anyone who is*]

Questo mi infastidisce. Voglio che se ne vada. [*annoys*]

Continuo a disegnare e la persona dietro di me non muove un muscolo, non sento neppure il suo respiro. Per quanto tempo ha intenzione di stare a guardare?

La rabbia sale, allora mi giro *per dirgliene quattro (=* [*anger rises*] *per parlargli con rabbia)* e... non capisco, alle mie spalle non c'è nessuno.

Eppure avrei giurato di aver sentito dei passi e la [*And yet I would have sworn*] presenza di qualcuno dietro di me.

Devo essermi sbagliato. [*I must have been wrong*]

Riassunto capitolo 1

Sandro è un artista a cui piace stare solo, quindi di solito prende l'autobus trentasei e va al cimitero monumentale di Bologna per disegnare. C'è una figura di donna, scolpita sulla tomba Montanari, che lui ama moltissimo.

Sandro usa il carboncino per disegnare questa scultura e, quando disegna, il tempo vola.

All'improvviso sente qualcuno dietro di lui che cammina e poi si ferma, probabilmente per osservarlo.

Sandro è irritato e vuole dirgli di andare via, così si gira ma, con grande sorpresa, non vede nessuno.

Capitolo 2

(Un altra carratare)

Osservo ogni tuo gesto, anche il più piccolo.

Tu non lo sai, non lo immagini neppure.

Adoro le tue mani, il tuo viso spigoloso, gli occhi scuri e profondi che hai, quella tua bocca carnosa, i capelli che ti cadono arruffati sulla fronte.

Ogni volta che ti vedo arrivare, vorrei correre da te e stringerti così forte da non lasciarti andare via, vorrei parlarti, dirti che da quando sei comparso nella mia vita è cambiata ogni cosa.

Grazie a te non sono più sola.

Capitolo 3

La sala è piena stasera. Ci sono dieci tavoli da servire e Samuele è in ritardo.

Il capo è *fuori di sé* (= *furioso*), il cuoco sta urlando da non so quanto tempo e i clienti *se la prendono con me* (= *si arrabbiano con me*).

La situazione è insostenibile.

- Cameriere!

- Sì, mi dica.

- Abbiamo ordinato due semplici bruschette almeno quaranta minuti fa!

- Mi scuso per il ritardo. Sollecito immediatamente la cucina.

Questo signore ha ragione: quanto tempo ci vuole per tostare delle fette di pane e metterci sopra sale e olio?

Corro in cucina e vedo che il cuoco sta litigando con l'aiuto cuoco e nessuno dei due si sta occupando dei piatti.

- Ma siete impazziti? Là fuori è pieno di gente e un tavolo sta aspettando due bruschette da quaranta minuti! Vi rendete conto?

- Fatti i cazzi tuoi!

- Infatti sono cazzi miei! Loro si lamentano con me, non con voi. Voglio queste bruschette e anche quel filetto al pepe verde e il trancio di tonno che vi ho chiesto mezz'ora fa!

Un secondo dopo entra il capo e mi dice di andare fuori per togliere i piatti sporchi e scusarmi con i clienti, poi comincia ad urlare con il cuoco e l'aiuto cuoco.

Arrivo in sala e riesco a sentire le urla che provengono dalla cucina. Sono proprio pazzi.

Per fortuna io ho la pittura. Quando disegno e dipingo sono in un altro mondo e il mio corpo sembra quasi fatto d'aria e il tempo si ferma.

Solo altre quattro ore di lavoro, solo quattro, e finalmente il silenzio.

E poi domattina ritorno ancora alla Certosa dove mi aspetta la tomba Montanari.

Che cosa darei per essere già là.

Riassunto capitolo 3

Sandro è nel ristorante dove lavora di sera.

Ci sono molti clienti in sala e molti problemi in cucina. Un cliente si lamenta perché i piatti sono in ritardo, lui va in cucina e dice al cuoco e all'aiuto cuoco di smettere di litigare per preparare i piatti. Poi arriva il padrone del ristorante, manda via dalla cucina Sandro e comincia a litigare con il cuoco e l'aiuto cuoco.

Sandro pensa che nel ristorante siano tutti pazzi, ma lui è fortunato perché sa disegnare e dipingere, e quando lui disegna e dipinge si sente leggero e felice.

Sandro *non vede l'ora* (= *è impaziente*) di tornare a casa e andare di nuovo al cimitero il mattino seguente per dipingere la statua della tomba Montanari.

Capitolo 4

Questa mattina sono venuto al cimitero a piedi. Camminare mi libera dai pensieri oscuri, dall'oppressione dei doveri.

Oggi non c'è nessuna macchina nel vialetto. Forse sono l'unico visitatore del cimitero.

Mi faccio strada (= *cammino*) tra le lapidi seguendo un percorso diverso.

Costeggio il Chiostro V (quinto) e il Chiostro VI (sesto).

I miei passi sono lenti, leggeri e *ho energia da vendere* (= *ho tanta energia*).

Arrivo nel Campo Carducci e comincio a zigzagare qua e là.

A un tratto i miei occhi scorgono una figura. È piccola, scura.

Non sono solo, quindi.

La figura scompare dietro un monumento sepolcrale. Io proseguo il mio cammino.

Con la coda dell'occhio (= *guardando indirettamente*) rivedo la macchia scura che si muove leggera. È una ragazza.

La pashmina, che un istante fa le copriva la testa, le cade sulle spalle. Vedo i suoi capelli: lunghi, rossi, ondulati. Sono ancora più evidenti sul cappotto nero che indossa.

Ma dov'è andata? Affretto il passo nella sua direzione e lei riappare dietro una lapide.

Mi avvicino sempre di più a lei, fingendomi interessato all'iscrizione di una lapide. Ma che sto facendo? Non posso mettermi a seguire tra le tombe una ragazza sconosciuta! Penserà che sono un maniaco!

Mi giro di scatto e mi allontano. È meglio che vada al Chiostro VII.

Arrivato alla Galleria degli Angeli, eccomi poco dopo davanti alla tomba Montanari.

Mi siedo direttamente sul basamento, alle spalle della statua, perché voglio disegnare i capelli che scendono sul corpetto dell'abito.

Accarezzo con la mano le onde dei capelli scolpiti nella pietra, sono splendidi.

Lo scultore è stato un vero maestro.

Oggi userò la sanguigna, non il carboncino.

Butto un occhio alla statua (= *guardo la* statua) e un occhio al foglio, senza posa, e ancora un occhio alla statua e un occhio… la ragazza dai capelli rossi e il cappotto nero

è proprio davanti a me. Sobbalzo. *JuMP, JoIT*

- Ti ho fatto paura? – mi chiede.

- No, è stato solo *l'effetto-sorpresa* (= *evento improvviso che sorprende*). Ero troppo concentrato sul disegno e… pensavo di essere solo.

- Vuoi che me ne vada?

- No no. Resta.

- Posso vedere quello che stai disegnando?

- …Certo.

Le passo l'album. I suoi occhi verdi fissano il mio disegno e si illuminano.

- È bellissimo!

- *Trovi?* (= *pensi che sia così?*)

- Assolutamente sì. Sei davvero bravo.

- Grazie.

- Vieni qui spesso?

- Sì, quasi ogni giorno. Tu?

- È come se fosse casa mia.

- Quindi anche tu ami il silenzio.

- Il silenzio, la pace, ma non sempre. Scusa per ieri.

- Per ieri?

\- Ero io alle tue spalle mentre disegnavi. Ho capito che non volevi essere osservato e sono andata via.

\- Ah, eri tu?

Lei comincia a ridere e il suono della sua risata *mette di buonumore* (= *fa diventare allegri*).

\- Proprio io!

\- Allora non mi ero sbagliato, c'era davvero qualcuno dietro di me! Mistero risolto.

\- Bene, ora ti lascio disegnare.

\- Se vuoi restare non c'è problema.

\- No, ci rivediamo qui prima o poi.

\- Ciao.

Lei mi risponde con un sorriso che *mi manda in pappa il cervello* (= *non mi fa più pensare in modo razionale*). La vedo allontanarsi e per la prima volta mi sento davvero solo e non mi piace affatto.

Provo a riprendere a disegnare, ma il mio sguardo va sempre là dove l'ho vista apparire all'improvviso.

Non ce la faccio a (= *non riesco a*) continuare. Chiudo l'album, lo infilo nello zaino e me ne torno a casa.

Spero solo di rivederla ancora.

Riassunto capitolo 4

Sandro torna al cimitero e, mentre cammina tra le tombe, vede una figura scura: è una ragazza con capelli lunghi, rossi e ondulati.

Inizialmente la segue, poi decide di andare a disegnare la statua della tomba Montanari.

Mentre sta disegnando, la ragazza dai capelli rossi appare davanti a lui. Durante la conversazione, Sandro scopre che lei lo stava osservando anche il giorno prima.

Sandro è molto attratto da questa ragazza. Quando lei va via, lui non riesce più a disegnare e lascia il cimitero con la speranza di vederla di nuovo.

Capitolo 5

Estasiata dal tuo corpo, dalla tua bocca imbronciata

mentre sei concentrato a disegnare.

Se potessi prendere le tue mani tra le mie, accarezzarti

il viso, mettere la mia testa sul tuo petto, sentire il tuo

respiro.

Non riesco neppure ad immaginare le nostre labbra che

si toccano... sono sicura che se mi baciassi, riuscirei a

sentire di avere perfino un cuore.

Ma come ho potuto finora vivere senza amore?

Da quando ci sei tu, conto ogni singolo istante che ci

tiene lontani.

Sei parte di me e anch'io sono parte di te. Lo sento.

Niente può mettersi fra noi.

Niente e nessuno.

Capitolo 6

- Sapevo che ti avrei trovato qui a disegnare.

(I would find you)

- Oh… ciao!

- Ti ho spaventato di nuovo?

(frighten)

- No, anzi, sono felice di rivederti.

- Non alzarti, resta pure seduto. Posso farti compagnia?

- Certo, siamo in un Paese libero!

Lei ride e si siede a terra. Io mi perdo nei suoi occhi verdi e nel sorriso più bello che abbia mai visto.

- Sono Diletta.

- Io Sandro.

- Hai un bel nome.

- Grazie, anche tu.

Adesso sorrido imbarazzato come un adolescente *alla prima cotta* (= *al primo innamoramento*).

(please)

- Ti prego, continua pure a disegnare, io me ne sto qui buona buona.

(Well)   *(warn)*

- Però ti avverto, quando disegno non riesco a chiacchierare.

- Possiamo stare anche in silenzio se vuoi.

- No, per te farò un'eccezione! – rispondo.

Ridiamo entrambi e mi sembra di conoscere il suo viso da sempre.

- Posso farti una domanda?

- Certo. – dico io.

- Ma perché disegni sempre questa statua?

- Prima di tutto perché è la mia preferita: in questo cimitero ci sono tante statue che *tolgono il fiato (= sono bellissime)*, ma lei ha qualcosa in più... non so, quello sguardo triste, i capelli sciolti e ondulati, le pieghe dell'abito, la posa sensuale e decadente.

- È la tua fidanzata di pietra, insomma.

Rido.

- In un certo senso. Qualche volta la chiamo per nome.

- Perché, ha davvero un nome?

- No, gliel'ho dato io.

- E qual è?

- Dolente, per via del suo sguardo triste. Vedi, nonostante il vestito ottocentesco, ha l'aspetto di una donna che potrei trovarmi davanti al lavoro, per strada, sull'autobus. Diego Sarti ha fatto proprio un buon lavoro.

23

- Diego Sarti, chi è?

- Lo scultore. Ci sono opere sue anche nel Chiostro VI. Lo sapevi?

- No, non lo sapevo… e c'è un altro motivo per cui ritrai sempre questa statua?

- Perché un giorno forse ci farò una mostra: un mio amico ha un garage molto grande e pieno solo di spazzatura, mi ha detto che se lo aiuto a ripulirlo me lo presterà per allestire una mostra tutta mia.

- Bello…

- Sì, ma chissà, forse un giorno lo farò. Adesso non sono ancora pronto. Sai, io mi sento un po' come Monet: lui dipingeva le ninfee durante le diverse ore di luce del giorno e le diverse stagioni dell'anno, e io faccio la stessa cosa con lei, la mia scultura preferita. E fino a quando non avrò trovato la luce perfetta, l'istante perfetto, non smetterò di disegnarla e dipingerla.

Lei annuisce.

- E tu perché vieni spesso qui? – le chiedo.

- Beh, trovo che sia un posto solitario, silenzioso, decadente come le pose della tua "fidanzata".

- Eh già. – dico guardando la statua.

- E poi qui mi tornano sempre alla mente dei versi meravigliosi: *"All'ombra de' cipressi e dentro l'urne, confortate di pianto, è forse il sonno della morte men duro?"*.

[handwritten glosses: comfort — crying — perhaps — sleep — less hard]

- Ugo Foscolo.

- Bravo!

- E conosco anche il titolo della poesia: *I sepolcri*.

- Sono sorpresa!

- Niente di così sorprendente: ricordi del liceo. Ho avuto un'ottima insegnante di italiano. Ma tu? Studi all'università?

- No, e tu?

- Io faccio il cameriere, ma forse un giorno mi iscriverò all'Accademia di Belle Arti.

- Sono sicura che diventerai un artista famoso.

- Grazie, sei troppo gentile… e anche bellissima.

Un vento gelido e improvviso si alza e fa volare i disegni che, un secondo fa, erano nella mia cartellina aperta.

- Che succede? – dico.

- Non preoccuparti, ti aiuto io a raccoglierli. – mi sussurra lei alzandosi da terra.

Mentre raccogliamo lo stesso disegno, le nostre mani si toccano involontariamente.

Che pelle liscia, mi sembra di aver sfiorato un lembo di seta. Lei però ritira la sua mano e mi dice:

- Forse è in arrivo un temporale.

- Se vuoi possiamo andarcene di qui e prendere qualcosa al bar per scaldarci un po'.

Diletta mi fissa e poi risponde:

- Un'altra volta.

Dopo si allontana e io la vedo sparire ancora una volta tra le lapidi.

Riassunto capitolo 6

La ragazza arriva al cimitero e si siede a terra, accanto a Sandro. Il ragazzo sta disegnando la sua statua preferita.

Prima si presentano, poi Diletta chiede a Sandro perché disegna sempre la stessa statua. Lui le risponde che è la sua preferita, che ama moltissimo le sue forme e l'espressione triste del viso, infatti per questo motivo la chiama Dolente.

Sandro, a sua volta, chiede a Diletta perché passeggia sempre nel cimitero e lei risponde che quel luogo le dà molta tranquillità e le fa pensare ai versi di una poesia sulla morte.

Lui conosce quella poesia e il poeta Ugo Foscolo che l'ha scritta. Diletta è molto meravigliata da questa cosa, così gli chiede se studia all'università. Sandro le risponde che fa solo il cameriere in un ristorante e che in futuro forse si iscriverà all'Accademia d'Arte.

Diletta è entusiasta e pensa che lui diventerà un grande pittore. Sandro la ringrazia per la sua gentilezza e le dice che è una ragazza bellissima.

In quel momento si alza un vento che fa volare tutti i disegni. Entrambi li raccolgono e Sandro, senza volerlo, tocca la mano molto liscia e delicata di Diletta, poi invita la ragazza a prendere qualcosa da bere al bar, ma lei non accetta e va via.

Capitolo 7

- Dai, non pensarci. Se il capo ci vede parlare *siamo nella merda* (= *avremo grossi problemi*)! – mi dice Samuele.

- Ma come faccio a non pensarci? – rispondo – Non capisco proprio perché se n'è andata.

- E che ne so io, forse gioca a fare la Cenerentola.

- Sì, dei cimiteri...

- O forse è timida *sul serio* (= *davvero*).

- Non mi pare, visto che è stata lei a parlarmi per prima. E poi ha qualcosa negli occhi che...

- Allora? La smettiamo di cazzeggiare? Al tavolo 3 si è seduta una coppia. Li hai visti? – mi dice il capo fissandomi con odio.

Non gli rispondo e vado direttamente dai clienti per portargli i menù. Nel frattempo entra una comitiva che occupa una tavolata di quattordici persone. *Fanno un rumore del diavolo* (= *fanno molto rumore*) e io odio chi urla. Vorrei andare là e dirgli a *muso duro* (= *in modo deciso, con forza*) di *chiudere quelle boccacce* (= *di fare silenzio),* invece *mi tocca* (= *devo*) sopportare le loro risate

sguaiate per chissà quante ore ancora. *screaming*

Fortuna che da loro va Samuele a prendere le ordinazioni.

Tengo d'occhio (= *guardo con attenzione*) il mio tavolo e vedo che la coppia è pronta per ordinare, così mi avvicino.

- Signori, cosa vi porto?

- Due porzioni di crostini misti e due tagliate di manzo.

- Cottura?

- Per mia moglie cottura media e per me al sangue.

- Che tipo di contorno preferite?

- Patate arrosto per me e per lei insalata.

- Da bere?

- Acqua liscia.

- Da un litro? – chiedo e il mio sguardo si posa fuori dalla vetrina.

- No, mezzo...

Sulla strada c'è una figura immobile che guarda verso il ristorante. È buio e non distinguo bene se sia un uomo oppure una donna. Sta forse osservando me?

- ...e mezzo litro di *vino* rosso *della casa* (= *vino non in bottiglia consigliato dal ristorante*).

- Bene, grazie mille. – dico.

Mi allontano e porto le comande in cucina. Quando torno in sala, sbircio dalla vetrina per controllare se in strada c'è ancora quella figura che guarda all'interno del ristorante. Non riesco a vederla. Forse stava semplicemente aspettando qualcuno e io ho pensato che guardasse me. Dopotutto queste luci non mi permettono di vedere bene quello che c'è là fuori.

- Allora, hai preso le ordinazioni del tavolo 3? - mi dice il capo guardandomi *in cagnesco* (= *in modo minaccioso*).

- Certo!

- E perché non hanno ancora niente sul tavolo?

È vero, l'avevo dimenticato! Ritorno in cucina e provvedo a prendere il pane, il litro d'acqua e il mezzo litro di vino rosso.

Quando porto tutto in tavola, l'uomo mi dice:

- Veramente avevo ordinato una bottiglia d'acqua da mezzo litro.

31

Resto per qualche istante senza parole. Evidentemente mentre guardavo dalla vetrina non ho prestato attenzione all'ordinazione del cliente.

babble

- Mi scusi, gliela porto subito. – farfuglio.

lightning strike

Il capo vede la scena e *mi fulmina con gli occhi* (= *mi rimprovera con uno sguardo minaccioso*).

Prendo la bottiglia d'acqua da mezzo litro e la riporto al tavolo 3.

A questo punto l'occhio mi va ancora fuori dal ristorante e vedo di nuovo la figura ferma ad aspettare, ma sul lato *side* sinistro della strada.

so

Sono troppo curioso di capire chi è, perciò corro fuori dal ristorante.

As soon as

Appena sono sulla strada, la figura si allontana a passo veloce. Cerco di raggiungerla.

bad luck

Comincia a piovere forte. Ma che sfiga!

by then   damage

Ritorno al ristorante ma ormai il danno è fatto: sono tutto bagnato.

Il capo mi si avvicina, mi prende per la spalla e mi porta in cucina:

reduce

- Ma che cazzo hai fatto? Come hai fatto a ridurti in queste condizioni?

- Sono uscito un attimo.

- E per fare che?

Non rispondo.

- Finisci il servizio e domani non tornare più!

È quasi un anno che lavoro qua e solo negli ultimi giorni non sono stato perfetto! Non merito d'essere licenziato. La rabbia mi esplode nella testa e nello stomaco, così gli dico:

- Ho un'idea migliore: me ne vado adesso.

Mi avvio quindi verso il bagno per riprendere il giaccone e lascio il ristorante.

- Torna qua, non fare lo stronzo! – mi urla lui alle spalle, ma io sono già lontano.

Esco dal ristorante sotto gli occhi della coppia che avrei dovuto servire e mi sento libero. Squattrinato, ma libero.

Sotto le luci dei lampioni e la pioggia battente me ne torno a casa a piedi.

Riassunto capitolo 7

Alessandro è al ristorante dove lavora. Sta dicendo a Samuele che non capisce perché la ragazza conosciuta al cimitero sia scappata via quando lui l'ha invitata a bere qualcosa al bar. Il collega di lavoro consiglia a Sandro di non pensare più alla ragazza.

Il proprietario del ristorante li vede chiacchierare e li rimprovera, poi ordina a Sandro di andare al tavolo tre dove ci sono dei clienti che aspettano.

Sandro va dai clienti che siedono davanti alla vetrata da cui si può vedere la strada e, mentre sta prendendo le ordinazioni, vede che qualcuno è fermo sulla strada e sta guardando in direzione del ristorante. Non sa chi può essere perché fuori è buio.

Sandro si distrae e non ascolta con attenzione l'ordinazione del cliente, poi porta le ordinazioni in cucina e ritorna in sala.

Sandro guarda ancora dalla vetrata ma non vede più la figura ferma sulla strada.

Nel frattempo il proprietario del ristorante rimprovera Sandro altre due volte: la prima volta perché non ha portato pane, acqua e vino al tavolo tre e la seconda perché ha sbagliato l'ordinazione.

Sandro esegue gli ordini del capo ma, mentre è davanti alla vetrata, vede di nuovo la stessa figura di prima che lo sta guardando.

Preso dalla curiosità esce dal ristorante, ma la persona si allontana velocemente. Sandro la insegue, purtroppo però inizia a piovere moltissimo e si bagna tutto. Quando il capo vede tornare Sandro tutto bagnato, gli dice che dopo quella serata non lavorerà più per lui.

Sandro pensa che il capo sia ingiusto nei suoi confronti ed è talmente arrabbiato che non aspetta la fine della serata ma se ne va via subito, incamminandosi a piedi sotto la pioggia.

Capitolo 8

La pioggia continua senza sosta. Sono zuppo dalla testa ai piedi, ho i brividi di freddo, sono stato licenziato e mi è tornata pure la voglia di fumare!

Che *giornata di merda* (= *giorno bruttissimo*)!

Entro in un palazzo con un portone a vetri, che per fortuna è aperto, e aspetto che spiova almeno un po'.

Una donna di mezza età, bagnata dalla testa ai piedi come me, entra nel palazzo, accende la luce e, appena mi vede, lancia un urlo.

- Sono così brutto? – le chiedo, cercando di fare il simpatico.

Lei continua a fissarmi e poi si affretta a prendere l'ascensore, mentre un uomo a pianterreno si affaccia all'ingresso del palazzo. Il suo sguardo cade prima sulla donna di mezza età:

- *Tutto a posto* (= *va tutto bene*)? – le chiede.

- Sì, grazie.

Poi guarda me aggrottando le sopracciglia:

- Chi cerca lei?

- Nessuno, mi sto solo riparando dalla pioggia. – rispondo io.

- Se non se ne va via subito chiamo la polizia!

Lo guardo e penso che questa sera *ce l'hanno* tutti *con me* (= *sono arrabbiati con me*).

Spalanco il portone e ritorno in strada. Sono lontano da casa un chilometro e mezzo, posso farcela. Immagino già il getto caldo della doccia che *mi rimetterà in sesto* (= *mi farà stare meglio nel fisico e nell'umore*).

Ma... cosa succede? Sento dei passi dietro di me. Mi volto e non vedo nessuno.

Proseguo nel mio cammino che si fa sempre più veloce.

Finalmente vedo la mia strada e il portone di casa mia non illuminato. Cerco le chiavi nella tasca destra e le infilo nella toppa, entro, mi affretto a chiudere il portone e comincio a salire le scale, lasciando chiazze d'acqua sul pavimento al mio passaggio.

TUM-TUM-TUM. Cosa sono? Qualcuno ha dato dei colpi al portone del palazzo? TUM-TUM-TUM. Sì, è proprio così. Forse qualche condomino ha dimenticato le chiavi di casa. Torno indietro e vado ad aprire il portone.

- Sandro, mi fai entrare?

Eccola lì. Diletta. Resto ammutolito e immobile.

- Posso? Si gela qua fuori.

- Oh scusa, entra! Ma come hai fatto a sapere che vivo qui?

- Non lo sapevo. Ero fuori dal ristorante e… ti ho seguito.

- Vedo che non hai perso il vizio, arrivi sempre alle spalle quando meno me l'aspetto.

- Perdonami.

Rido.

- Dai, sali. Non possiamo restare zuppi d'acqua con questo freddo.

- In effetti sto congelando.

Ci facciamo tre piani a piedi e, mentre metto la chiave nella toppa, spero che il mio coinquilino non sia in casa. Giro la chiave quattro volte: bene, non c'è nessuno in casa.

- Prego, entra!

- Grazie.

- Dammi il cappotto. Accendo subito la stufa.

- Carino questo posto.

- Nulla di speciale. Diciamo che il mio coinquilino ha la fissa della pulizia e dell'ordine e a me piacciono i colori e i quadri, quindi la nostra casa non fa schifo come quelle di tanti altri lavoratori precari.

Lei ride e mi chiede se ho un asciugamano per i capelli. Io le rispondo che sarebbe meglio una doccia calda. Lei ci pensa e mi fa di "no" con la testa, poi mi chiede se ho un maglione da prestarle così può togliersi il suo tutto bagnato.

Le rispondo di sì ed entriamo nella mia camera da letto.

Appena accendo la luce, vedo Diletta fissare il muro di fronte a lei, girare lentamente intorno alla stanza e perdere il suo sorriso.

- Che hai? – le chiedo preoccupato.

- Mi sembra di stare ancora al cimitero.

- Che vuoi dire?

- Voglio dire che la statua della tomba Montanari è ovunque: schizzi col carboncino, con la sanguigna, acquerelli, quadri a olio…

- Non ti piacciono?

- No, sono davvero splendidi ma lei è praticamente su ogni parete, su ogni mobile… in ogni angolo.

- Il fatto è che la mia camera è *un buco* (= *una stanza piccolissima*), perciò non so proprio dove metterli.

- Certo, hai ragione.

Mi alzo e le prendo un maglione dall'armadio.

- Tieni.

- Grazie. Se ti volti, posso cambiarmi qui.

- Certamente! – le rispondo e mi giro per non guardarla.

- Ci metto un attimo… ho quasi finito… ecco, puoi voltarti.

Diletta è bellissima con il mio maglione verde. I capelli rossi e bagnati che le scendono lungo il viso la fanno sembrare una strana divinità caduta dal cielo solo per me.

- Anche tu dovresti metterti addosso qualcosa di asciutto. – mi sussurra lei.

Non esito un istante: mi tolgo il maglione e lo lascio scivolare sul pavimento. Mi avvicino a lei e le accarezzo il viso, le bacio la fronte, le guance. Le mie labbra scendono sul collo e lei si stringe a me. L'abbraccio anch'io e sento il suo respiro farsi più pesante, spezzato. Ci guardiamo negli occhi e le nostre labbra si uniscono. Perdo il contatto con la realtà e l'unico desiderio che ho è di far l'amore con lei. Le accarezzo le braccia e poi le tolgo il maglione appena indossato. Lei comincia a tremare e anch'io. Il tremore diventa sempre più forte.

- Hai freddo? – le chiedo.

- Sì, tantissimo.

- Aspetta, ho dimenticato di accendere la stufa. Fra poco andrà meglio.

Mi stacco da lei e vado ad accendere la stufa elettrica, giro la manopola al massimo e poi guardo il termometro da parete.

- Ci sono 7 gradi nella stanza.

- Ce l'hai una coperta?

- Certo!

Vado verso l'armadio, ne prendo una nel ripiano superiore e torno da Diletta.

Lei si è liberata della lunga gonna e si è infilata nel mio letto per scaldarsi un po' e a me sembra un sogno che si avvera. Mi libero anch'io dei pantaloni zuppi di pioggia e m'infilo tra le lenzuola. I nostri corpi si sfiorano. Lei sta ancora tremando, proprio come me.

Cerco di nuovo le sue labbra ma Diletta sembra distratta da qualcosa.

- Che hai? – le chiedo.

\- Scusami…

\- C'è qualcosa che non va?

\- Lei. – mi dice indicando la Dolente sulla parete di fronte al letto.

Giro la testa e guardo i miei schizzi col carboncino e la sanguigna.

\- Non puoi dire sul serio!

Lei resta in silenzio.

\- Diletta, non pensare a quegli stupidi disegni, pensa a noi. – le dico ridendo.

Lei mi guarda negli occhi, fissa le mie labbra e ricominciamo a baciarci, a stringerci.

È strano, non riesco a sentire l'odore né il calore di Diletta. I nostri corpi sono ancora troppo freddi e bagnati, non riusciamo a scaldarci.

Entrambi continuiamo a tremare come foglie.

\- Ma funziona la stufa? – mi chiede all'improvviso.

\- Aspetta, controllo.

Esco da sotto le coperte e mi manca il respiro: la stufa funziona ma la stanza sembra essere ancora più fredda di prima.

Guardo il termometro sulla parete e resto scioccato da quello che vedo.

- Non è possibile! – dico.

- Che succede?

- Siamo a 5 gradi sottozero!

- Forse è meglio che vada. Non dovrei essere qui.

- No, ti prego, resta!

Vedo uscire nuvole di fumo dalla mia bocca.

Lei raccoglie i suoi vestiti bagnati e li indossa tremando.

- Ma no, almeno metti il mio maglione o una mia tuta asciutta!

- No, va bene così.

- Aspetta, ti accompagno.

- No. Non è necessario.

- Ma perché?

Lei continua a vestirsi *in fretta e furia* (= *con molta fretta*)

- Prendi almeno il mio ombrello!

- A cosa servirebbe?

E così dicendo, senza salutarmi, esce da casa mia sbattendo il portone.

Riassunto capitolo 8

Sandro è sotto la pioggia e sta tornando a casa. È nervoso perché ogni cosa sta andando male.

Per ripararsi dalla pioggia, entra in un palazzo con il portone a vetri. Poco dopo entra nel palazzo una donna che vive là e, quando vede Sandro, si spaventa *frightened* e urla. Per tranquillizzare la signora, Sandro fa una battuta simpatica, ma la signora non ride e va a prendere l'ascensore.

Nel frattempo un inquilino *tenant* del palazzo esce dal suo appartamento per capire cosa sta succedendo. Quando vede Sandro gli dice di andarsene, altrimenti chiamerà la polizia.

Sandro se ne va e riprende il suo cammino sotto la pioggia.

A un certo punto sente un rumore di passi e pensa di essere seguito da qualcuno.

Finalmente vede il portone del condominio in cui vive, lo apre e poi lo chiude alle sue spalle. Mentre sta salendo, sente dei colpi *knocks blows* sul portone. Qualcuno sta bussando. *is knocking* Allora Sandro torna indietro e apre il portone. Davanti a lui c'è Diletta, tutta zuppa di pioggia.

Sandro è molto sorpreso e felice. Ora capisce che è lei la persona che lo stava seguendo.

La invita quindi a salire nel suo appartamento.

A Diletta piace l'appartamento di Sandro perché è piccolo, ordinato e colorato. Quando entra nella camera da letto, però, diventa seria: dovunque ci sono schizzi, disegni e quadri che ritraggono la Dolente.

Intanto Sandro dà a Diletta un suo maglione per scaldarsi. Lei gli chiede di voltarsi perché non vuole mostrarsi nuda davanti a lui.

Quando Diletta indossa il maglione verde, Sandro si sente molto attratto da lei, così si toglie il maglione, si avvicina a lei e i due si baciano e si abbracciano.

Entrambi tremano per il freddo. La temperatura nella stanza è di 7 gradi. Mentre Sandro accende la stufa elettrica, Diletta si toglie gli altri vestiti bagnati e si infila nel letto di Sandro. Anche Sandro si spoglia e si infila nel letto.

Diletta, però, non si sente a suo agio con quei disegni che sembrano guardarla. Lui la tranquillizza e i due ricominciano a baciarsi e ad accarezzarsi.

Sandro non riesce a sentire alcun calore e odore provenire dal corpo di Diletta. Entrambi sono freddi, bagnati e stanno tremando ancora più di prima.

Diletta chiede a Sandro di controllare se la stufa funzioni. Sandro si alza e vede che la stufa è perfettamente funzionante ma la temperatura della stanza è scesa a -5 gradi.

Diletta decide di andarsene, indossa di nuovo i suoi vestiti bagnati, rifiuta di essere accompagnata a casa da Sandro e va via senza salutarlo.

Capitolo 9

Barcollo. Mi manca l'aria. Non riesco a deglutire, mi sembra di avere delle fiamme nella gola. Sento un peso sul petto, sulle gambe.

Che cosa mi sta succedendo?

Il buio mi avvolge, ci sono solo tremule piccole luci in lontananza.

Dove mi trovo? Che ci faccio qui in mezzo al nulla?

Cammino *a tentoni* (= *toccando intorno senza vedere*) e mi sforzo di stare in equilibrio, ma il buio mi confonde il corpo e la mente.

Piano piano mi avvicino alle piccole luci. Quante sono? Dieci, cento, mille?

Sento il vento tra il collo e la schiena, mi paralizza ogni parte del corpo.

Chiudo gli occhi e crollo a terra. *Non ce la faccio* (= *non riesco*) ad andare avanti.

Quando riapro gli occhi, le piccole luci tremolantil sono intorno a me. Ora riesco a vedere qualcosa: pietre, statue. Sono al cimitero!

Come ho fatto ad arrivare fin qui?

Sento sussurri, qualcuno sta dicendo qualcosa, ma *non riesco ad afferrare le parole* (= *non posso sentire bene quello che dice*).

- Chi c'è? Chi siete?

I sussurri continuano confusi.

- Chi sei? – urlo.

I sussurri si fermano all'istante.

Intorno a me solo il silenzio. Voglio tornare a casa. Ho paura.

Mi alzo con grande fatica e provo ad allontanarmi da quelle pietre e i sussurri riprendono e diventano un rumore assordante. Io vorrei correre, fuggire via verso la luce, ma le mie gambe sono pesanti, così pesanti che non riesco a muovere un solo passo. Sono disperato e urlo a lungo con l'ultimo rimasuglio di voce che ancora mi resta.

Quando non ho più forze, mi guardo intorno e m'accorgo d'essere nella mia camera. È stato solo un terribile incubo.

Il mio corpo è scosso dai brividi di freddo, mi tocco la fronte e sembra che *vada a fuoco* (= *scotti moltissimo per la febbre*). Ho sete. Fortuna che ho sempre dell'acqua sul comodino accanto al letto.

Tutta colpa della pioggia e del freddo di ieri notte.
Maledizione!

Chissà come sta Diletta, chissà quando guarirò. Chissà quando la rivedrò.

Riassunto capitolo 9

Sandro sta male, ha un forte mal di gola e sente le braccia e le gambe pesanti. Sta camminando e i suoi passi sono incerti perché è notte. Ci sono sole delle piccole luci che si muovono leggermente. Sandro non riesce a capire quante siano le luci. All'improvviso sente un vento freddo scendere lungo la schiena, vuole camminare ancora ma è troppo stanco per muoversi e cade a terra.

Quando riapre gli occhi capisce di essere nel cimitero di Bologna.

Intorno a lui sente delle voci basse e confuse. Quando Sandro chiede chi è che parla, le voci si fermano e lui comincia ad avere molta paura. Vuole scappare via e urla disperato.

Sandro si sveglia e capisce che il cimitero, le luci e le voci non erano reali, che è stato tutto un incubo.

Capisce di avere la febbre e di stare molto male a causa della pioggia della sera prima.

Sandro si chiede come possa stare Diletta, quando lui tornerà a star bene e quando potrà rivederla.

Capitolo 10

Ti voglio tra queste tombe, amore mio.

Qui è nato tutto, qui ho ricominciato a vivere. Sei tu che mi hai ridato la vita.

Per questo devo averti.

Io e te siamo speciali, non lo capisci? Ma certo che lo capisci. Ti sono entrata nella pelle, nei pensieri, nei sogni. Non puoi più **fare a meno di me** *(=* **rinunciare a me***), come io non posso più fare a meno di te.*

Ormai, che vita sarebbe la mia senza i tuoi occhi?

Il tempo passerebbe lento, disperatamente lento e io non potrei più accettarlo.

Torna, ti prego.

Amami! Io non sono ciò che vedi. Sono ciò che ignori.

Capitolo 11

È la prima volta che esco dopo cinque giorni di febbre e tormento. Non ricordo d'essermi mai ammalato a Bologna, così come non ricordo di essere mai stato un disoccupato. Ho sempre lavorato io, in un modo o nell'altro. E invece, eccomi qua. Mi sento ancora debole, come se l'energia che avevo in corpo prima di quella notte si fosse dissolta.

Ma voglio tornare alla mia vita e devo trovare un lavoro, assolutamente.

L'aria è gelida. Mi avvolgo la sciarpa intorno al collo e cammino sotto le logge guardando le vetrine, forse qualche negozio o ristorante cerca commessi, camerieri.

Dopo un'ora di cammino vedo solo un cartello su un negozio di abbigliamento: CERCASI APPRENDISTA COMMESSO/A.

Io di sicuro non ho l'età per fare l'apprendista. Riuscirò a trovare un altro lavoro?

Sento salire la rabbia, sono incazzato con tutti. Anche con Diletta: prima mi spia mentre disegno, mi fa gli occhioni dolci e poi se ne va; mi aspetta sotto la pioggia, mi segue, mi bacia, si spoglia e alla fine scappa via; non mi faccio vedere al cimitero per cinque giorni e lei non passa a trovarmi a casa per sapere se sono vivo o morto.

Che stronza! Non voglio complicarmi la vita con una così… non voglio pensarci, non me ne frega niente.

Entro in una tabaccheria e compro un pacchetto di sigarette. Ma perché l'ho fatto? Ho smesso di fumare da circa tre anni! Guardo il pacchetto di sigarette e leggo che il fumo uccide. Bella novità. Apro il pacchetto, porto la sigaretta alla bocca e mi accorgo di non avere un accendino. Mi giro intorno e vedo un ragazzo che sta fumando, mi avvicino e gli chiedo:

- Mi fai accendere?

Lui annuisce e accosta il suo accendino alla mia sigaretta. In un attimo una boccata di fumo mi riempie la bocca e le narici. Non so se provare disgusto o piacere.

- Grazie. – gli dico e lui neanche mi risponde.

La città oltre all'anima ci toglie anche le parole.

Ho la testa che mi scoppia (= *ho un mal di testa fortissimo*), forse questo freddo mi ha fatto tornare la febbre. Mi sento molto stanco e ho bisogno di sedermi. Mi giro per cercare una panchina e alla mia destra trovo il vialetto che porta alla Certosa.

Come ho fatto ad arrivare fin qui?

In fondo al viale vedo una figura: è vestita di nero e ha i capelli lunghi e rossi. Diletta.

Lei non si avvicina a me e io, non so perché, mi avvicino a lei.

Ora siamo l'uno di fronte all'altra e, devo ammetterlo, sono furioso con lei ma anche felice di vederla.

- Sandro!

Le faccio solo un cenno con la testa per salutarla e lei si lancia tra le mie braccia.

- Mi sei mancato. – mi dice.

- Allora perché non sei venuta a trovarmi? – le chiedo con stizza.

- Sono uscita solo oggi! Sono stata… molto male.

Resto in silenzio. Sono confuso.

- Davvero?

Lei annuisce e io mi sento uno stronzo perché ho dubitato di lei.

- Anch'io sono stato male: febbre alta, tosse… mai stato peggio in vita mia. Ho persino avuto degli incubi.

- Che tipo di incubi?

- Niente di importante.

Ci baciamo mentre un prete esce dalla chiesa adiacente. Diletta arrossisce per l'imbarazzo.

- Dai, andiamo via! – mi dice, prendendomi la mano e portandomi sotto le logge dei chiostri.

Passeggiamo in silenzio, lei mi sorride e io dimentico ogni problema. Tutta la rabbia di prima è scomparsa, completamente dissolta. Ci stringiamo, ci baciamo senza aggiungere altro.

Ad un tratto siamo davanti al Chiostro VII. La tomba Montanari è di fronte a noi, con la Dolente sdraiata sugli scalini.

- No! – mi dice Diletta, fermandosi bruscamente.

- Che c'è?

- Non voglio che andiamo là.

- Perché? Lascia che la saluti. Non la vedo da giorni! – dico ridendo.

Lei torna seria.

- Non sarai gelosa di una statua? – le chiedo.

Diletta non mi risponde, mi fissa solo con i suoi grandi occhi di smeraldo.

Cerco di attirarla a me per baciarla, ma lei si irrigidisce.

- Non posso crederci, sei veramente gelosa!

Diletta continua a non parlare e abbassa lo sguardo.

- Va bene, andiamo via. – aggiungo.

Le metto un braccio sulla spalla e lentamente ci allontaniamo di là.

Riassunto capitolo 11

Sandro esce di casa dopo cinque giorni di malattia. Esce per cercare lavoro, ma l'unica cosa che trova è un annuncio per un commesso apprendista e lui non ha l'età giusta per quel lavoro.

Sandro si sente frustrato e arrabbiato perché non ha un lavoro e perché Diletta sembra attratta da lui, ma poi lo rifiuta. Non è andato neppure a trovarlo quando lui era ammalato.

Per la rabbia entra in una tabaccheria, compra delle sigarette e ricomincia a fumare dopo tre anni.

Sandro ha un forte mal di testa e pensa di stare di nuovo male. Continua a camminare e arriva involontariamente davanti al cimitero.

Vede Diletta in lontananza e si avvicina a lei.

Quando Diletta vede Sandro, lo abbraccia e gli dice che ha sentito la sua mancanza. Lui le chiede, allora, perché non gli abbia fatto visita, visto che sapeva dove fosse casa sua. Lei risponde che è stata male.

A quel punto Sandro capisce di essere stato ingiusto con lei e le dice di essersi ammalato anche lui.

Passeggiano per il cimitero, abbracciandosi e baciandosi, fino a che si ritrovano nei pressi della tomba Montanari. Lei non vuole che Sandro vada davanti alla statua, lui prima ride e poi le chiede se è gelosa della statua. Diletta non risponde e diventa molto seria.

Lui prova ad abbracciarla ma lei è rigida. Allora Sandro, per evitare discussioni, decide di andare via di là insieme a lei.

Capitolo 12

La odio. Non c'è posto per un'altra: o io o lei.

Forse ti sembro folle, ma non lo sono!

Sarò io la tua follia e non ci sarà mai più un giorno della tua vita che non penserai a me.

Siamo una cosa sola, ci apparteniamo.

Non deludermi, amore.

Non puoi deludermi. Non potrei sopportarlo.

Capitolo 13

Torno a casa e sbatto la porta. Il mio coinquilino è in casa e spunta dalla cucina con un mestolo in mano.

- Ehi, la porta si chiude lo stesso anche se non la sbatti!

- Lasciami stare, sono incazzato nero!

- Niente lavoro?

- Niente lavoro e altre rotture varie.

- Mangi qualcosa con me? Stavo per *buttare la pasta* (= *mettere la pasta nella pentola quando l'acqua bolle*).

- E perché no? Che stai preparando?

- La Carbonara.

- *Ci sto* (= *va bene*)!

Mi lavo le mani, apparecchio la tavola, affetto il pane e riempio i due bicchieri con il Lambrusco.

- Prendi. – dico a Giorgio, passandogli un bicchiere colmo di vino.

- Ah, grazie… allora, quali sono le altre rotture varie? Non mi dire che c'entra ancora Diletta?

Resto in silenzio.

- No, basta! Sei tornata a cercarla al cimitero?

- No, questa volta non ci pensavo proprio, è capitato…

- Certo, *come no* (= *non credo a quello che stai dicendo*)!

- Ma è vero, oggi ero incazzatissimo con lei perché non mi aveva cercato affatto e invece scopro che è stata male pure lei.

- E che ha avuto?

- Boh, mi ha detto solo che è stata male.

- Ah beh, allora…

- Dai, smettila…

- Dove vi siete incontrati?

- Davanti al cimitero.

- Ma prima mi hai detto che vi siete incontrati per caso!

- Cioè, io camminavo e mi sono trovato davanti al cimitero senza volerlo. Lei era in fondo al viale e quando mi sono avvicinato mi ha abbracciato.

- Mi spieghi allora perché sei incazzato?

- Per quello che è successo dopo: non ha voluto che andassi alla tomba Montanari.

- Quella che disegni sempre?

- Sì.

- Ma perché?

- Era gelosa.

- Che cosa?

- Gelosa, gelosa. Hai capito bene: un attimo prima era tutta *miele* (= *dolce, piena di attenzioni*) e il secondo dopo era serissima. Sono dovuto andare via con lei.

Giorgio mette gli spaghetti nei piatti e li porta in tavola.

- Senti, non ti offendere, ma a me questa Diletta mi sembra una *svitata* (= *pazza*).

Io arrotolo gli spaghetti e li porto alla bocca senza provare a dargli una risposta.

Giorgio continua:

- Ma ti sembra normale che una ragazza giovane e bella passeggi per il cimitero ogni santo giorno, ti aspetti sotto la pioggia, ti segua, scappi via dal tuo letto come una verginella impaurita ed è pure gelosa di una statua?

- Un po' strano è.

- No, è assolutamente folle!

- Ma *lei mi attrae da pazzi* (= *ho una forte attrazione per lei*)!

- Fa' come vuoi... ma questa storia non mi piace.

Alzo la testa dal piatto e lo guardo. Giorgio è molto serio e aggiunge:

-   Pensaci.

Riassunto capitolo 13

Sandro torna a casa molto arrabbiato e Giorgio, con cui divide l'appartamento, sta cucinando gli spaghetti alla Carbonara.

Giorgio invita Sandro a fare pranzo con lui e poi gli chiede il motivo della sua rabbia. Sandro accetta di pranzare con il suo coinquilino e cominciano a parlare di Diletta.

Sandro gli racconta dell'incontro casuale con lei, del loro abbraccio, della gelosia di Diletta nei confronti della statua, della forte attrazione che lui prova per la ragazza.

Giorgio dice a Sandro di fare molta attenzione a Diletta, di non fidarsi, perché è una persona troppo strana.

Capitolo 14

Sono quattro giorni che cerco lavoro come un pazzo senza trovare nulla e questa ricerca mi ha tenuto fuori casa tutto il tempo, perciò se Diletta è passata a casa mia non mi ha trovato. Sono proprio un idiota: avrei dovuto chiederle il suo numero di cellulare, invece non ci ho mai pensato.

Basta! Ho bisogno di ritrovare un po' di pace con i miei quadri, occuparmi seriamente solo di pittura.

Forse non è davvero una cattiva idea ripulire il vecchio garage del mio amico per farci una mostra. Sì, un progetto, ho bisogno di un progetto subito!

La Dolente sarà il soggetto principale. Costruirò appoggi in legno per i disegni, gli acquerelli e le tele.

Prendo il cellulare dalla tasca, scorro la rubrica e chiamo:

- Ciao, Fabrizio! È ancora valida quella proposta del garage?...Se vuoi posso iniziare anche domani! ...Meglio sabato per te? ...A che ora? ...Va bene, allora ci vediamo alle due e mezza del pomeriggio a casa tua. Buona giornata e grazie!

Sono felice di aver preso questa decisione. Mi sento euforico! Mancano ancora tre giorni a sabato e posso impiegare questo tempo per ritornare al cimitero e ritrarre la statua da altre angolazioni e luci differenti. Porterò il cavalletto questa volta e proverò a catturare l'istante perfetto.

Sicuramente rivedrò Diletta al cimitero.

Non posso negarlo, mi mancano i suoi abbracci, quelle labbra morbide, la sensazione di essere il suo universo. Lei mi guarda come fossi un dio. Nessuna mi ha mai guardato così, non ho mai incontrato nessuna donna così pudica e nello stesso tempo così incredibilmente sensuale. Vorrei che il suo sorriso non si spegnesse mai sul suo viso, vorrei che il nostro rapporto crescesse e si trasformasse in qualcosa di perfetto.

Per ora è solo strano e non capisco. Proprio non capisco.

Riassunto capitolo 14

Sandro non riesce a trovare lavoro.

Per non sprecare il suo tempo pensa che la cosa migliore da fare sia organizzare la sua mostra nel garage pieno di roba da buttare del suo amico Fabrizio. Così, Sandro chiama Fabrizio al cellulare per dirgli che accetta la sua proposta e dà la sua immediata disponibilità. Fabrizio dice che non potrà iniziare prima di sabato. Siccome mancano ancora tre giorni, Sandro decide di impiegare il suo tempo a fare altri disegni e dipinti della sua statua preferita.

Sandro pensa, poi, che tornando al cimitero rivedrà Diletta.

Lui non vuole ammetterlo, ma prova una grande attrazione per lei.

Non riesce a capire ancora la personalità di Diletta ma vorrebbe che il loro rapporto diventasse qualcosa di importante. Invece, al momento, è solo strano.

Capitolo 15

Ho preso il cavalletto oggi, i pennelli e i colori acrilici. Mi sento *carico* (= *pieno di entusiasmo ed energia*), voglio lavorare bene e lavorare tanto, devo poter sfruttare tutto il tempo a mia disposizione.

Sono anche fortunato: questa mattina è una giornata calda e luminosa, sembra aprile. In cielo non ci sono nuvole e non c'è vento. Non devo preoccuparmi di trovare un riparo per proteggere la mia tela.

Prendo l'autobus e riesco perfino a trovare un posto per sedermi. Non ci sono facce imbronciate o alienate intorno a me, ma solo un paio di anziani dal volto sereno e sorridente.

Insomma, è la giornata perfetta.

Scendo alla mia fermata e mi incammino verso il cimitero. Vado subito alla tomba Montanari e durante il percorso mi guardo in giro: c'è un quarantenne che sta fotografando l'iscrizione su una lapide, ci sono due signore anziane sottobraccio e un ragazzo e una ragazza con blocchi da disegno e sgabelli pieghevoli in mano.

Di Diletta nessuna traccia. Provo a spaziare con lo sguardo ma non vedo nulla. Non so se sia un bene o un male. Senza di lei non avrò distrazioni, ma sento il bisogno di rivederla.

Sono arrivato: la Dolente è davanti a me con la sua immutata bellezza. Le giro intorno per cercare l'angolazione giusta per ritrarla: davanti, di lato, di spalle con lo scorcio del suo viso, dal basso, dall'alto. Tocco le pieghe dell'abito di pietra, sfioro le ciocche dei capelli. Forse per una volta dovrei ritrarre solo gli occhi, il naso, le labbra. Sì, farò proprio così!

Mi posiziono davanti a lei, sistemo il cavalletto con la tela alla sua sinistra e inizio a tracciare il disegno del viso con il carboncino. Non devo sbagliare le proporzioni.

Il mio polso è fermo e nello stesso tempo flessibile. Non commetto errori, sembro un grande maestro.

Pochi tocchi e il disegno è già pronto per accogliere il primo strato di colori. Prendo il bianco di titanio e il nero avorio, poi con la spatola li mescolo nelle giuste proporzioni per ottenere la scala di grigi che desidero.

Comincio a stendere il grigio più chiaro per le guance, senza esitazioni…

- Sandro.

Trasalisco nel sentire il mio nome e il mio sguardo si sposta immediatamente dalla tela per guardare nella direzione di quella voce: Diletta è dietro la tela, davanti a me.

- Sei qui. – mi dice con un filo di voce.

- Ciao. - dico col pennello *a mezz'aria* (= *sospeso nell'aria*) – Speravo di incontrarti.

Lei si avvicina a me. I suoi capelli sono serici, i suoi occhi come l'oceano profondo. È ancora più bella dell'ultima volta che l'ho vista.

- Continua pure. – mi dice Diletta guardando la mia tela incompleta e, senza indugi, si siede sul basamento della tomba, si stringe le gambe al petto e si mette ad osservarmi.

In silenzio intingo il pennello nella tavolozza e, spostando lo sguardo dalla statua alla mia tela, riempio di colore gli spazi bianchi.

Vado avanti così per dieci minuti, un quarto d'ora forse, ma poi mi fermo: lo sguardo fisso di Diletta mi confonde. Non penso lucidamente, lascio cadere la tavolozza a terra.

- Hai finito il tuo dipinto? – mi chiede Diletta speranzosa.

- No, non sto nemmeno a metà.

- Hai smesso per colpa mia, vero?

Faccio un lungo respiro, poi aggiungo:

- Diletta, ho bisogno di capire.

- Che cosa c'è da capire?

- Noi. Cosa siamo noi? Ma soprattutto, chi sei tu?

- Una donna…

- Questo l'avevo capito!

- Fammi finire: una donna innamorata.

Una folata di vento alza gli ultimi cumuli di foglie rinsecchite dal freddo.

- Innamorata? – le dico mettendomi le mani in tasca e distogliendo lo sguardo da lei.

- Metti in dubbio le mie parole?

- È tutto così assurdo.

- Cosa è assurdo?

- Il nostro incontro, il tuo passeggiare continuo in questo cimitero…

- Aspetta, anche tu sei quasi sempre qui tra queste lapidi.

- Certo, ma ci sto per disegnare e dipingere! Io faccio arte, creo, ridò vita a ciò che è morto, tu invece vaghi per le tombe per fare cosa? Pensare alla morte?

- Alla morte? No, al contrario: alla vita.

- Un cimitero ti fa pensare alla vita? Dai, *non prendermi in giro* (= *non imbrogliarmi*).

- Non ti sto prendendo in giro, questo luogo mi fa sentire in armonia con lo spirito e lo spirito non muore, vive per sempre. E poi in questo stesso posto, ho incontrato te.

Diletta si avvicina a me. Non riesce a guardarmi negli occhi, fissa solo le mie labbra e aggiunge:

- Sandro, io ti ho amato dalla prima volta che ti ho visto.

Resto senza parole. Il cuore mi batte così forte che riesco a sentirlo pulsare nella testa. Un istante dopo un vento improvviso si alza e i suoi lunghi capelli rossi volano fino a toccarmi il viso. Lei continua a parlare *con un filo di voce* (= *a bassa voce*):

- Ti ho guardato di nascosto per più di tre mesi.

- Cosa? – le chiedo stupito.

- Sì, hai capito bene, e ogni giorno che passava ti amavo di più, così ho deciso di farmi vedere, di parlarti.

- Ma perché non me l'hai detto prima? – le chiedo turbato.

- Non ne ho avuto il coraggio.

Scuoto la testa.

- Non mi credi ancora?

- Non lo so... se mi ami come dici, perché sei scappata tante volte?

- Sono troppo timida e probabilmente stupida.

Ha gli occhi pieni di lacrime.

Deglutisco e cerco di respirare lentamente per non cedere alla tenerezza. Con tono più calmo le dico:

- E in questi giorni, quando non mi hai visto al cimitero, per quale ragione non sei venuta a casa mia? Tu sai dove abito!

Lei resta in silenzio e io *mi rendo conto* (= *comprendo veramente*) che sto ricominciando ad alzare la voce. Le mani di Diletta cominciano a tremare, allora le ripeto con tono più calmo:

- Dammi una spiegazione.

Lei si avvicina e appoggia la testa sul mio petto.

- Non potevo venire da te. Ti spiegherò tutto con calma, quando ci conosceremo meglio. Per adesso sappi solo che ti amo. Credimi.

Un'altra folata di vento si alza in modo così violento che la tela cade dal cavalletto.

- Cazzo! – dico io, preoccupato per il mio dipinto.

- Dai, non è successo niente, non arrabbiarti.

- Certo, per te è solo un quadro, invece per me rappresenta un'opportunità per diventare un artista, per farmi conoscere. Non lo capisci che ho bisogno di vendere i miei quadri e finirla con tutti quei lavoretti di merda!

- Ti prego, scusami, non urlare.

- O forse ti dà fastidio che io dipinga proprio questa statua? Lo so che sei gelosa.

- Io sono gelosa solo di non essere al primo posto per te. – dice con la voce incrinata dalla commozione. Le scende una lacrima sulla guancia, poi un'altra e un'altra ancora.

- Se vuoi essere al primo posto - le dico - voglio che ci vediamo fuori da questo cimitero, voglio che accetti di uscire con me, che non scappi mentre stiamo facendo l'amore.

Lei mi sussurra:

-   Se vuoi mettermi al primo posto, devi dipingere me!

Ci fissiamo per un tempo che mi sembra infinito.

-   Sandro, posa il tuo sguardo su di me e rendimi immortale.

Poi mi bacia, si stringe a me e io non so più perché un secondo fa ero arrabbiato con lei, perché ho dato ascolto ai dubbi e alle chiacchiere di Samuele e Giorgio. La desidero veramente. Sento d'amarla anch'io.

Ci baciamo mentre il vento continua a soffiare sempre più forte e il freddo ci avvolge.

-   Ti dipingerò. – le dico – Adesso!

Diletta torna a sorridere di nuovo. Quel sorriso che mi aveva stregato quando l'avevo conosciuta.

-   Sì, adesso! Amore, dove vuoi che mi metta?

-   Qui, proprio davanti a me.

Prendo l'album degli schizzi e col carboncino comincio a ritrarla. Lei è felice, i suoi occhi brillano.

In lontananza sento dei boati, forse tuoni. Strane ombre si addensano su di noi.

-   Dopo questo ritratto ce ne andremo via di qua. – le dico.

- Per sempre?

- Per sempre, se questo è ciò che vuoi.

Senza preavviso, un tuono fragoroso simile all'esplosione di una bomba mi investe. Istintivamente mi copro la testa con le braccia e chiudo gli occhi per un istante. Quando li riapro, vedo Diletta scivolare lentamente a terra: ha la testa fracassata, il sangue le scende a fiotti sulla fronte candida, sul collo, tra i capelli e macchia la statua di una lunga scia vermiglia.

Ma com'è possibile? Cosa è successo? Non riesco neppure ad urlare per l'orrore, vorrei chiedere aiuto ma la mia lingua sembra di pietra.

Sono sconvolto, quel sangue non può essere di Diletta!

Diletta non può essere morta!

Subito dopo sento un urlo alle mie spalle. Mi volto e una delle signore anziane che ho visto prima mi sta indicando con la mano destra. Quando la guardo, la donna e la sua amica scappano via.

Spaventato dall'urlo della signora, accorre anche l'uomo con la macchina fotografica. Anche lui, quando vede il corpo senza vita di Diletta, scappa.

Ma perché tutti scappano? E perché non chiamano un'ambulanza, perché non mi aiutano?

Forse... forse hanno paura di me, forse pensano che io... abbia ucciso Diletta?

La voce mi torna ed emetto un urlo disperato, sembro un animale ferito.

-   Non sono stato io! Non è colpa mia! Aiutatemi!

Mi avvicino a Diletta, le tocco il polso per sentire se c'è ancora un po' di vita in lei, ma non c'è più battito né respiro. È morta proprio quando pensavo che ci sarebbe stato un futuro per noi.

Le accarezzo i capelli e le mie mani si macchiano di sangue.

-   Diletta, ti prego, torna da me. – le sussurro.

Non so quanto tempo resto così, so solo che mi ritrovo alle spalle due agenti di polizia che mi bloccano e mi ammanettano.

-   No, non ho fatto niente io! Un secondo prima posava per me e il secondo dopo era a terra. Lo giuro! Ascoltatemi!

Vedo la tela a terra, i miei colori sparsi, il sangue sul basamento della tomba e mi sembra tutto irreale.

Alzo lo sguardo e i miei occhi incontrano senza volerlo quelli della Dolente: le sopracciglia della statua sono inarcate verso l'alto e la bocca è deformata da un ghigno malefico.

- Guardate, la statua si muove! – urlo.

I poliziotti si guardano tra loro e mi dicono:

- Adesso finge di essere pazzo.

- Bastardo, cammina e sta' zitto!

- Ma non mi credete? È la verità, guardate anche voi!

- Ho detto che devi *stare muto* (= *fare silenzio*), capito? – mi urla il poliziotto più grosso.

Io non lo ascolto e continuo a proclamarmi innocente.

Mentre sto per uscire dal cimitero vedo il prete coi capelli bianchi, ha una mano sul petto e scuote la testa. Quando gli passo davanti, si fa il segno della croce e mi dice:

- Perché l'hai fatto? Era solo una povera ragazza, bisognosa di affetto e protezione…

Il poliziotto più basso chiede al prete:

- Lei la conosceva bene?

- Abbastanza. So che non aveva nessuno al mondo, a parte una vecchia zia malata e dispotica. Veniva spesso qui soltanto per sentirsi più vicina ai suoi genitori morti, per trovare un po' di pace. Non meritava questa fine.

Ora capisco tutto: Diletta non poteva venire a casa mia perché doveva restare con sua zia! E si vergognava anche di dirmi che era orfana.

\- Sono innocente, vi dico, io l'amavo... - urlo guardando il prete e i poliziotti.

\- L'amavi? Hai ancora le mani macchiate del suo sangue, che Dio ti perdoni!

Il prete mi benedice mentre la polizia mi trascina via.

Forse è solo un incubo, sì, come quello che ho avuto quando ero ammalato! Niente è reale, nulla è accaduto veramente: l'incontro con Diletta, il licenziamento, quella notte sotto la pioggia, i baci e gli abbracci sotto le coperte mentre il freddo ci avvolgeva, la morte improvvisa di Diletta, il sorriso diabolico della statua, il mio arresto per omicidio. Mi spingono nella *volante* (= *auto della polizia*) e io comincio a ridere, ridere, ridere. Fra poco mi sveglierò... devo svegliarmi!

Riassunto capitolo 15

Sandro torna al cimitero per realizzare una tela speciale che raffigura la statua.

Al cimitero incontra cinque visitatori: due signore anziane, un uomo con la macchina fotografica e un ragazzo e una ragazza pittori come lui.

Arrivato davanti alla Dolente, prepara la tela, mescola i colori e comincia a dipingere il volto della statua.

Poco dopo, davanti a lui compare Diletta che si siede sul basamento della tomba per osservarlo. Sandro continua a dipingere ma, arrivato a circa metà del lavoro, smette.

Ha bisogno di parlare con Diletta del loro rapporto. Lui trova strani i comportamenti di lei. Diletta gli dice che è molto timida e che lo ama di nascosto già da mesi. Sandro non crede che lei lo ami perché ha rifiutato di uscire con lui ed è scappata via mentre facevano l'amore, dice anche che a lei non importa che lui diventi un artista perché non vuole che dipinga la sua statua preferita.

Diletta risponde che vuole essere messa al primo posto nella sua vita, vuole che Sandro dipinga lei.

Sandro, stregato dal suo viso e dalle sue parole, non ha più dubbi su Diletta, vuole dipingerla subito e promette alla ragazza che non tornerà più al cimitero per dipingere la statua.

In quel momento si sente il rumore fortissimo di un tuono, Sandro chiude gli occhi e, quando li riapre, vede Diletta che cade a terra con la testa spaccata e da cui esce molto sangue. Diletta è morta.

Le persone che erano nel cimitero vedono la scena e pensano che Sandro abbia ucciso la ragazza. Lui dice di essere innocente, poi accarezza Diletta e le sue mani si sporcano di sangue.

Poco dopo arriva la polizia che arresta Sandro. Lui urla dicendo ancora una volta di essere innocente.

Mentre alza lo sguardo vede che la statua sorride in modo maligno e così dice alla polizia che la statua si muove. I poliziotti pensano che lui stia fingendo di essere pazzo.

Anche il prete lo accusa di omicidio e dice ai poliziotti che Diletta viveva con la zia malata e dal carattere molto difficile perché era orfana e che andava spesso al cimitero solo per sentirsi più vicina ai genitori.

Sandro allora capisce gli strani comportamenti di Diletta.

Alla fine, mentre sta salendo nella macchina della polizia, Sandro crede che ogni evento accaduto nelle ultime settimane sia stato solo un orribile incubo, non la realtà. Ride in modo isterico e aspetta di svegliarsi.

Capitolo 16

Eravamo felici e lei ha rovinato tutto.

Ecco perché ho dovuto ucciderla, lo capisci? È stato facile: un colpo netto, preciso, potente alla nuca. Non potevo di certo permettere che quella ragazzina inutile ti portasse via da me.

Ero io la tua Musa, io la tua dea, io la tua ossessione!

In fondo desideravo solo i tuoi occhi e le tue mani su di me e in cambio ti avrei donato la gloria, il mio amore eterno, immortale, solido come la pietra che mi intrappola da oltre cento anni.

Ti avrei donato la mia eterna giovinezza.

Ma posso ancora darti tutto questo: la pietra di cui è fatto il mio viso non si coprirà di rughe come qualunque altra donna mortale, questo corpo resterà per sempre sinuoso e perfetto, il seno e le labbra conserveranno intatto il loro turgore. Persino questi fiori resteranno freschi in eterno.

Credimi quando ti dico che possiamo essere ancora felici.

Non essere furioso, io non volevo che quegli uomini ti portassero via, volevo solo liberarmi della ragazzina.

*Vuoi perdonarmi? Amore, dimmi che **non ce l'hai con me (= non sei arrabbiato con me)**!*

Mi ami ancora, non è vero?

Sì, certo che mi ami e tornerai da me.

Io sarò qui ad aspettarti, non importa quanto tempo ci vorrà.

Non ho fretta.

Prima di lasciare questo libro…

invito tutti voi a consultare il mio blog LEARN ITALIAN WITH SONIA a questo link https://learnitalianwithsonia.wordpress.com/ dove potrete trovare non soltanto consigli per apprendere in modo più veloce ed efficace la lingua italiana, ma anche spiegazioni di regole grammaticali ed espressioni di uso comune.

Mi raccomando, scrivetemi se avete dubbi linguistici o curiosità sulla cultura italiana.

Un'ultima cosa: se potete e volete, lasciate una breve recensione su Amazon nella vostra lingua o in italiano, perché il mio scopo principale come insegnante e scrittrice è capire se sto facendo un buon lavoro e se posso migliorare per aiutarvi.

Alla prossima!

Biografia

Sonia Ognibene vive in Italia, in provincia di Macerata. Lavora a scuola con bambini e ragazzi diversamente abili, ma insegna anche italiano a studenti di ogni parte del mondo. È appassionata di lingue straniere, viaggi, libri e ovviamente scrittura. Ha due blog: *La locanda in mezzo alla brughiera* e *Learn Italian with Sonia*. Ha pubblicato tre libri: *Il segreto di Isabel,* vincitore del Premio Montessori, edito da Raffaello Editrice nel 2010, *Non puoi essere tu,* libro n. 1 della collana Learning Easy Italian, pubblicato con Amazon nel 2017 e *Sarai mio,* libro n.2 della stessa collana e pubblicato con Amazon nel 2018.